FRANÇOIS COPPÉE

POËMES

MODERNES

Angelus. — Le Banc. — Enfants trouvées
L'Attente. — Le Père
Le Défilé. — La Bénédiction

PARIS

ALPHONSE LEMERRE, ÉDITEUR

47, *Passage Choiseul,* 47

M.D.CCC.LXIX

19029

POËMES MODERNES

Y

DU MÊME AUTEUR :

(POÉSIES)

LE RELIQUAIRE (épuisé). . . . . 1 vol.
INTIMITÉS : . . . . 1 vol.

(THÉATRE)

LE PASSANT, comédie en un acte, en vers . . . . 1 vol.

FRANÇOIS COPPÉE

POËMES

MODERNES

Angelus. — Le Banc. — Enfants trouvées
L'Attente. — Le Père
Le Défilé. — La Bénédiction

PARIS

ALPHONSE LEMERRE, ÉDITEUR

47, *Passage Choiseul*, 47

M.D.CCC.LXIX

C.

ANGELUS

1

ANGELUS

———

I

Tapi dans les rochers qui regardent la plage,
Au pied de la falaise est le petit village.
Sur les vagues ses toits ont l'air de se pencher,
Et ses mâts de bateaux entourent son clocher.
C'est en mai. — L'Océan, dans ces belles journées,
A l'azur tiède et clair des méditerranées.
Il chante, et le soleil rend plus brillante encor

Son écume glissant le long des sables d'or.

L'odeur du flot se mêle aux parfums de la terre.

Et, là-bas, le petit jardin du presbytère,

A mi-côte, est rempli de fleurs et de rayons.

Blond, rieur et chassant aux premiers papillons,

Un bel enfant y joue et va sur la pelouse

Du vieux prêtre en soutane au vieux bonhomme en blouse

Qui sont là, l'un disant ses prières tout bas,

L'autre arrosant des fleurs qu'il ne regarde pas;

Car pour mieux voir l'enfant qui court dans la lumière,

L'un néglige ses fleurs et l'autre sa prière;

Et tous les deux se font des sourires joyeux.

Le prêtre est le curé de l'endroit; l'autre vieux

En est le fossoyeur. Le premier dans sa cure

Mène depuis vingt ans sa douce vie obscure.

Ce juste a fait le bien, ainsi qu'il l'a prêché,

Et se laisse appeler *bonhomme* à l'Évêché,

Sans s'étonner et sans que son zèle en décroisse.

Comme le cimetière est près de la paroisse,

Qu'il est bien seul, qu'il aime à deviser un peu,

En se chauffant les pieds, le soir, au coin du feu,

Et comme il n'entend rien aux choses maritimes,

Le fossoyeur et lui sont devenus intimes.

Car c'est, à la campagne, un causeur assuré

Qu'un soldat vétéran auprès d'un vieux curé.

Celui-là, revenu dès longtemps au village,

Invalide vaincu par la guerre et par l'âge,

Trop vieux pour devenir laboureur ou marin,

Est fossoyeur et chante aux grands jours au lutrin.

Or c'est un compagnon agréable au vieux prêtre,

Disant trop longuement ses batailles, peut-être,

Mais résigné, naïf, n'engendrant point l'ennui,

Et que le curé sait doux et bon comme lui.

Tous d'eux s'aiment; et, quant au bel enfant qui joue,

Le ciel dans le regard, l'aurore sur la joue,

Et pour lequel ils ont ce sourire attendri,

C'est Angelus, l'enfant trouvé, leur fils chéri.

Ces cheveux blonds au vent sont la dernière flamme

Qui se reflète encore au miroir de leur âme,

Et parmi les bleuets et les coquelicots

Ce bon rire aux éclats vibrants et musicaux
Leur fait une vieillesse encore ensoleillée.

Car naguère ils étaient bien seuls, et la veillée
Leur semblait longue. Assis près de l'âtre et rêvant,
Tandis qu'ils écoutaient les longs sanglots du vent
Et la mer se brisant aux rochers des presqu'îles,
Un nuage passait sur leurs âmes tranquilles.
La causerie avec le foyer s'éteignait.
Le vieux prêtre fermait son livre et se signait
Comme contre un désir coupable et qu'on repousse,
Le vétéran vidait sa pipe sur son pouce;
Et tous deux se taisaient, songeant qu'ils étaient seuls
Et que tous ces vieux morts, cousus dans leurs linceuls
Qui venaient réclamer de l'un une prière
Et de l'autre un trou noir au fond du cimetière,
Avaient du moins autour de leur pauvre cercueil
Des femmes qui pleuraient et des enfants en deuil;
Que ces gens se faisaient répéter la promesse
Que l'on n'oublîrait rien, ni les fleurs, ni la messe;
Et qu'eux, lorsqu'ils seraient à jamais endormis

Sous terre, ils n'auraient point de parents ni d'amis
Pour arracher l'ortie et la ronce mauvaise
Frissonnant sur leur tombe au vent de la falaise.
Un soir, le fossoyeur, d'un ton mal assuré
Et les deux mains au feu, dit :

       « Monsieur le curé,
Puisque vous savez tout, vous devriez me dire
Ce qui fait qu'aujourd'hui nous ne pouvons pas rire.
Cependant, sans avoir besoin d'être indulgents,
Nous pouvons nous donner comme deux braves gens.
Je ne sais rien, c'est vrai, que le bon Dieu m'assiste !
Mais pourquoi notre cœur, étant pur, est-il triste ?

« C'est vrai, » dit le curé.

      Puis, après un moment
De silence, il reprit bas et timidement :

« Oui, nous avons rendu, malgré la chair fragile,
A César comme à Dieu ce que veut l'Évangile,

Et nous n'avons ni l'un ni l'autre fait le mal.

Nos cœurs sont innocents comme au jour baptismal;

Rien ne les assombrit et rien ne les déprave,

Le mien étant pieux et le vôtre étant brave.

Priant pour les vivants et prenant soin des morts,

Nous vieillissons ici, calmes et sans remords.

Et pourtant notre vie est triste!

                    —Au point, dit l'autre,

Que vous, monsieur l'abbé, vous, plus saint qu'un apôtre,

Je vous ai vu jeter, dans vos jours de souci,

Un regard envieux aux plus pauvres d'ici.

— Le pêcheur, dit le prêtre, heureux parmi les hommes,

N'a pas du laboureur les ennuis économes;

Il a la mer; il a sa plage de galets

Pour prendre du varech et sécher ses filets;

Et si les flancs épais de sa barque normande

Regorgent de saumon, de congre ou de limande,

Oublieux du péril auquel il s'exposa,

Il revient tout joyeux à son feu de colza,

Sans penser que demain il faut qu'il recommence

Sa bataille éternelle avec la mer immense,
Et pose à son retour des baisers triomphants
Sur les fronts inégaux de ses petits enfants.
Un enfant?... C'est cela qui nous manque, peut-être.
Nous n'avons pas d'enfants, hélas ! »

                              Et le vieux prêtre
Reprit en tisonnant tout doucement son feu :

« Tous les moyens sont doux, ami, de plaire à Dieu.
Il est doux d'obéir, d'être humble et d'être chaste ;
Mais notre cœur humain est-il donc si peu vaste
Que la patrie et Dieu, dans ce cœur enfermés,
N'y puissent laisser place à des êtres aimés ?
Pourtant Dieu, c'est l'amour. Il sait bien que nous sommes
Aimants ; et puis c'est grand, cela : faire des hommes.
Vivre au milieu de fils chrétiens, c'est aussi beau
Que servir un autel ou défendre un drapeau.
Ce doit être un devoir bien plus lourd qu'on ne pense.
Oui, mais qui porte en lui sa chère récompense.
Nous n'avons pas d'enfants, voilà !

— Certainement,

Dit l'autre. Quand j'étais encore au régiment,
Et quand, les pieds meurtris aux cailloux des montagnes,
Je m'en allais coucher chez les gens des campagnes,
Qui m'accueillaient fort mal et n'avaient d'autre soin
Pour moi que de passer leur fourche dans le foin,
Parfois, en attendant qu'on fît de la lumière,
J'ai vu de beaux enfants jouer dans la chaumière,
Et je leur ai souri. Mais il fallait passer
Sans leur dire un seul mot et sans les embrasser,
Et s'en aller dormir sur son sac, dans la grange.
Mais ces fois-là j'étais plus las, et, c'est étrange,
Je repartais le cœur plus sombre. »

Et, soupirant,

Ils restèrent au coin de leur foyer mourant,
Sans entendre, du fond de leur pénible rêve,
Se lamenter au loin l'Océan sur la grève.

II

Si le son de la cloche est triste, il l'est bien plus
L'hiver, quand vient la nuit et quand c'est l'*angelus*
Qui sonne lourdement au clocher du village,
Rhythmé par les sanglots de la mer sur la plage.
Dans les cœurs son écho lugubre retentit,
Celle qui reste songe à celui qui partit
Sur sa barque, parmi la brume et la tempête,
Se demandant, auprès du rouet qui s'arrête,
Si là-bas, dans les flots, son homme, le marin,
A comme elle entendu les coups du grave airain,
Et si, malgré la lame affreuse qui grommelle,
Il s'est bien souvenu de se signer comme elle.

Ayant sonné la cloche et dit les oraisons,
Les deux vieillards allaient regagner leurs maisons
Et se disaient adieu sur le seuil de l'église,
Quand ils virent, gisant sur une pierre grise,
Quelque chose de blanc qu'on avait laissé là ;
Et, s'étant approchés tous deux, il leur sembla
Que cela remuait vaguement. Le vieux prêtre,
Inquiet, se pencha vite et put reconnaître
Que c'était un pauvre être à peine emmaillotté,
Un enfant qu'une mère horrible avait jeté
En passant dans ce coin, presque nu, sans défense,
Profitant du sommeil confiant de l'enfance,
Comme un voyageur las jette au loin son fardeau.

« Hélas ! dit le curé, qui des mains du bedeau
Prend le pauvre petit, notre raison humaine
Est folle en voulant fuir la route où Dieu la mène.
Vous avez vu par nous vos desseins outragés,
Dieu très-juste ! et voici comment vous vous vengez.
L'autre soir, nous sentions dans nos âmes farouches
Fermenter les désirs coupables, et nos bouches

Ont prononcé tout bas des propos envieux.

Mais vous vous êtes dit : — Ces deux hommes sont vieux.

Leur voyage fut long ; ils sont las de leur course ;

Ils ont besoin d'un peu d'ombre et de quelque source ;

Ce sont de vrais chrétiens , ce sont de bons amis.

Il faut leur pardonner. — Et vous avez permis

Que notre foi n'eût plus même ce seul obstacle.

Merci ! Que cet enfant donné par un miracle,

Bonheur que nos vieux jours n'auraient jamais rêvé,

Porte le nom de l'heure où nous l'avons trouvé.

Qu'il s'appelle Angelus, c'est un nom de prière.

« Mon Angelus, je vous baptise au nom du Père,

Du Fils et de l'Esprit !

          — *Amen !* » dit le soldat.

Et, de peur que le vent de mer n'incommodât

Davantage l'enfant tout transi sur les pierres

Et qui ne rouvrait pas encore ses paupières,

Ils rentrèrent en hâte au logis du curé,

En prenant à travers un terrain labouré.

Là, pour faire du feu, le soldat s'agenouille ;

2

De son vieux manteau noir le curé se dépouille
Et reste ainsi, portant le petit sur les bras,
Et tout semblable, dans son naïf embarras,
Au saint Vincent de Paul des naïves images.

Jadis un autre enfant, celui vers qui les Mages,
Écoutant dans le ciel un mystique concert
Et suivant une étoile à travers le désert,
Vinrent pour présenter l'or, l'encens et la myrrhe,
L'enfant divin, l'enfant Jésus qu'encore admire
Le monde, qui pourtant a brisé tous ses dieux,
L'enfant de Bethléem parut moins radieux,
Dans sa crèche adorable, aux pèlerins augustes,
Que cet enfant trouvé ne parut à ces justes
Lorsque sur le lit blanc et pur comme un berceau
Ils l'eurent déposé dans son sommeil d'oiseau,
Et que, sous le profond rideau qui se soulève,
Ils le virent tous deux continuer son rêve.

« Oui-da! dit le soldat, qui tenait le rideau,
Le bon Dieu nous a fait un bien joli cadeau.

Nous voulions un enfant. C'est comme dans un conte :
Le voilà. Nous allons l'élever, et, j'y compte,
Plus tard en faire un gars robuste et bien portant.
C'est entendu, monsieur le curé. Mais pourtant
Il faut aussi songer à ce qui va s'ensuivre.
Vous êtes, vous, d'abord, éduqué comme un livre.
L'enfant saura de vous tout ce qu'il faut savoir.
Moi, pour les menus soins, je me flatte d'avoir
La chose d'employer le fil et les aiguilles.
Mais voilà, nous avons vécu loin des familles,
Loin des berceaux ; jamais on ne nous révéla
Comme on s'y prend avec ces petits êtres-là.
Leur parler ? vous savez le langage des anges,
Ce n'est rien. Mais ôter et remettre leurs langes,
Les nourrir comme il faut et leur dire ces chants
Qui les font s'endormir alors qu'ils sont méchants,
Les soigner, eux toujours malades et débiles,
A cela, voyez-vous, nous serons malhabiles,
Qu'y faire ? Une servante ?... Eh ! nous ne pourrions pas
La payer. Faites-vous toujours vos deux repas ?
Pour nous les serviteurs sont des gens trop avides

Et tous vos pauvres qui s'en iraient les mains vides !
Puis quel autre aussi bien que nous en aurait soin ?

— Comment ! une servante ? Il n'en est pas besoin,
Dit le vieux prêtre avec son bon regard sincère,
Nous saurons bien ce qui lui sera nécessaire.
Nous désirions un fils ; Dieu nous l'envoie : ainsi
Ce n'est pas, à coup sûr, pour qu'il sorte d'ici.
En lui donnant d'abord toute notre tendresse,
Nous ne commettrons pas de grave maladresse.
Nous sommes, il est vrai, très-pauvres ; mais enfin
Notre enfant ne mourra ni de froid, ni de faim.
J'ai de beau linge blanc tout plein ma vieille armoire;
Et je pourrais encor vous remettre en mémoire,
Mon cuisinier d'un jour, que, quand vient Monseigneur,
Notre hospitalité nous fait assez d'honneur,
En ajoutant tout bas que pour Son Éminence
Un jour passé chez moi n'est pas jour d'abstinence.

— Vos poulets ? votre vin ? Pour qui ? pour ce petit ?

Mais à son âge on n'a pas si bon appétit
Qu'un archevêque, et c'est bien plus tard qu'on les sèvre.

— Eh bien, en attendant, nous aurons une chèvre....
Et puis je vous défends de rire du clergé.

— Bien, ne vous fâchez pas : la bonne a son congé,
C'est dit. L'enfant aura d'abord quelque surprise
De votre robe noire et de ma barbe grise ;
Mais nous lui sourirons. Puis nous n'y pouvons rien.
Vous, monsieur le curé, pour sûr, vous saurez bien
Ce qu'il lui faut, vous qui savez soigner les âmes.
Les vieux prêtres, mais c'est aussi doux que les femmes,
Et vous avez les mains blanches comme les leurs.
Moi, j'aimerai l'enfant comme j'aime mes fleurs ;
Et nous pourrons mener jusqu'au bout ce caprice,
D'apprendre le métier de mère et de nourrice. »

Et pendant ce temps-là le pauvre enfant trouvé,
Sur l'oreiller moelleux comme sur le pavé,
Dormait toujours, charmant d'abandon et de grâce.

2.

Les deux vieillards baisaient sa petite main grasse
Et puis la reposaient doucement sur le lit.
Comme on penche le front sur un livre qu'on lit,
·Ils se tinrent longtemps inclinés sur sa couche,
Retènant leur haleine et le doigt sur la bouche.
Puis, par un enfantin regard persuadant
L'autre, qui lui faisait signe d'être prudent,
Et comme n'y pouvant résister, le vieux prêtre,
Au risque d'éveiller le charmant petit être,
Silencieusement le baisa sur le front.
Angelus ébaucha de son bras rose et rond
Ce geste vague et mou du réveil qui s'approche,
Tandis que, s'adressant en secret un reproche,
Vite se reculait le vieil audacieux,
Au fond très-satisfait de voir s'ouvrir les yeux
De l'enfant, comme afin d'orienter ses voiles,
Le marin est heureux du lever des étoiles.

L'enfant, qui s'éveilla doucement, leur sourit.

Alors, courbant le front, le bon curé le prit

Dans ses mains, que rendait fébriles son grand âge,

Mais que la peur faisait trembler bien davantage ;

Et, se sentant le cœur plus inquiet encor

Que le jour où, vêtu de la chasuble d'or,

Et, selon la promesse aux chrétiens garantie,

Pour la première fois il consacra l'hostie,

Il vint s'asseoir auprès du feu qui pétillait ;

Et cependant qu'avec lenteur il dépouillait

L'enfant de ses haillons liés par des ficelles,

S'étonnant de ne pas lui découvrir des ailes,

Le fossoyeur, avec un air tout réjoui,

Se tenait immobile et debout devant lui,

L'encourageant des yeux et le regardant faire.

Et cette heure leur fut exquise. L'atmosphère

Était intime. A peine entendait-on le bruit

Du vent et de la mer qui pleuraient dans la nuit

Le colza sec brûlait, clair, dans la cheminée ;

Toute la vieille chambre était illuminée.

La bouilloire chantait gaiement devant le feu

En laissant échapper son mince filet bleu ;

Et le petit enfant, frêle espérance d'âme,

Content de se sentir tout nu devant la flamme,
Sur les genoux des deux vieillards extasiés,
Serrait ses petits poings, frottait ses petits pieds
Et murmurait, le fronf ballant et l'œil atone,
Son doux vagissement heureux et monotone.

III

Comme le presbytère est joyeux maintenant!
Bien qu'au bord de la mer il soit moins rayonnant,
Le Printemps, qui sourit parmi les giboulées,
Éclaire le gazon frileux dans les allées,
Réchauffe le vieux seuil, le cep en espalier,
Et vient mourir au bas du gothique escalier.
Le jardin rajeunit, rempli de pousses vertes.
L'éclat de rire sort des fenêtres ouvertes.
La brique a le ton rose et charmant d'un décor,
Et le chaume brillant pétille comme l'or.

Ah ! si le jardin sombre et les vieux murs moroses

Se sont transfigurés si vite, si les roses
Ont si vite chassé l'ortie et le chardon,
Si la tendre espérance et l'aimable pardon
De Floréal ont pris ce coin noir pour leurs fêtes,
Si plus pures et plus exquises se sont faites
Pour ce lieu les senteurs premières des lilas,
Si ce miracle advint, c'est que tu t'y mêlas,
C'est que tu l'accomplis sans le savoir, enfance !
C'est qu'une sympathique et douce connivence
S'installe entre ta grâce et la grâce d'avril ;
C'est qu'un enchaînement adorable et subtil
Comme lui t'embellit de charme et de surprise,
Fait ton rire semblable aux chansons de sa brise
Et l'or pâle de ta chevelure pareil
Aux rayons étonnés de son jeune soleil !

Car de longs mois, depuis cette nuit de novembre,
Où près des deux vieillards et dans la vieille chambre,
Confiant, protégé par leur regard ami,
Pour la première fois l'enfant avait dormi,
De bien longs mois, de bien doux mois, toute une année

D'extase stupéfaite et de joie étonnée
Avait passé, bien chère et trop courte pour eux.

Et, dès le lendemain de ce jour bienheureux,
Ils avaient entrepris leur délicat ouvrage.
D'abord ils avaient craint les dangers du sevrage ;
Mais tout semblait venir en aide à leur dessein.
Rejeton du malheur, né sur un maigre sein
. Avare de son lait comme de sa tendresse,
Angelus, élevé sans soin et sans caresse,
N'étant pas mort, hélas ! s'était vite endurci.
Car la misère tue ou rend robuste. Aussi,
Plus fort que ne le sont les bambins de cet âge,
Il supportait déjà la soupe et le laitage.
Ensuite, autre souci. Cet enfant inconnu
Avait été trouvé par eux à peu près nu ;
Il fallait le vêtir au plus tôt, faire emplette
De toile, lui fournir sa layette complète,
Payer quelque ouvrière enfin ; et justement
Le curé n'était pas bien riche en ce moment.
Ses pauvres de la veille avaient vidé ses poches,

Et le voilà déjà s'accablant de reproches
Et se disant tout haut, d'un air très-irrité,
Qu'il était imprudent et que la charité
Comme cela, c'était une chose coupable.

Mais le soldat, fronçant le nez d'un air capable,
Prit les deux meilleurs draps dans l'armoire en noyer,
Et, s'armant de ciseaux, il se mit à tailler
Des ronds et des carrés dans le vieux linge jaune.
Parfois il devenait rêveur, prenait une aune,
Se trompait, puis jetait ses ciseaux, plein d'effroi,
Comme un tailleur gâtant le bleu manteau d'un roi.
Le bon prêtre, ignorant comme une vieille fille
Et stupéfait, le vit enfiler son aiguille,
Coudre longtemps, soufflant très-fort à chaque point,
Puis enfin, d'un air grave, essayer sur son poing
Un tout petit bonnet d'enfant du premier âge.
Ce n'était pas parfait ; mais, sans perdre courage,
Le bonhomme, étouffant quelquefois un juron,
Vite en tailla plusieurs sur le même patron.
Sans doute il essuyait bien souvent ses lunettes ;

Les coutures n'étaient ni droites ni bien nettes ;
Mais le vieil apprenti des choses du berceau
Le soir eut terminé tout le petit trousseau.

Pour eux ce fut alors une douce existence.
Ces hommes maladroits, mais remplis de constance,
Tâchaient de deviner, enchantés et surpris,
Ces mille petits soins qu'ils n'avaient pas appris :
Intuition du cœur, science maternelle,
Qu'avec l'enfant conçu la femme porte en elle.
Certes, ce ne fut pas d'abord sans embarras.
Lorsque Angelus pleurait en leur tendant les bras,
Souvent ils ne savaient que faire ni que dire.
Que lui fallait-il donc? Un baiser? un sourire?
On les lui prodiguait. Que voulait-il enfin?
Souffrait-il? avait-il sommeil? avait-il faim?
Et puis, comme toujours un esprit qui travaille
Découvre, ils découvraient; et de chaque trouvaille,
De chaque invention de leur ardent amour,
Ils se sentaient le cœur heureux pour tout un jour;
Et le bonheur est fait de ces riens éphémères.

3

Ils allaient à tâtons, consultaient les commères
Du village, et prenaient des conseils très-prudents
Pour l'âge où le petit devait faire ses dents.
O candeur ! ils avaient des fiertés de nourrices ;
Et quand l'enfant dormait tout nu, montrant ses cuisses
Où le sang rose et pur venait à fleur de peau,
Les yeux brillants de joie, ils disaient : « Qu'il est beau ! »

Angelus grandissait et, sur ces entrefaites,
Un beau jour il voulut marcher. Nouvelles fêtes !
Ces vieux, avec leurs dos voûtés et leurs pas lents,
Semblaient faits pour guider les efforts chancelants
De ce petit garçon, leur fils et leur élève.
Chaque soir sur le sable humide de la grève
Ils le firent marcher, surveillant avec soin
Ses progrès ; chaque jour allant un peu plus loin,
Et, plus tard, chaque jour allant un peu plus vite.
L'encourageant par un bon rire qui l'invite,
Chacun d'eux soutenait un des bras de l'enfant ;
Et celui-ci parfois s'arrêtait, triomphant,
Après un petit pas qui lui semblait immense,

Heureux ainsi qu'on l'est toujours quand on commence.
Et les deux bons vieillards étaient tout égayés
Lorsque Angelus, ouvrant de grands yeux effrayés,
Jetait un léger cri, douce et claire syllabe,
Devant la fuite oblique et bizarre d'un crabe,
Ou quand il leur fallait, en se baissant un peu,
L'aider à ramasser le coquillage bleu
Ou le petit galet joli comme une perle
Que jetait à leurs pieds la vague qui déferle.
Et quel triomphe encor quand, s'étant hasardé,
Un beau matin l'enfant courut sans être aidé !
Depuis lors, il allait en avant, eux derrière.
Le curé regardait par-dessus son bréviaire
Et l'autre se frottait les mains, l'air tout joyeux.
Et quand leur fils courait trop vite, les deux vieux
Hâtaient le pas, l'abbé refermant son gros livre,
Et tous les deux riaient de ne pouvoir le suivre.

Toute leur vie était pleine de ce marmot.
Après le premier pas, ce fut le premier mot.
Chaque jour amenait sa nouvelle surprise.

Et, comme le bonheur nous égare et nous grise,
Le petit Angelus n'avait pas seulement
Trouvé parmi ses cris ce vague bégaiement,
Effort de la pensée éclose qui s'envole
Et qui ressemble à peine encore à la parole,
Que déjà le curé, plein d'ardeur et rêvant
A le faire bientôt devenir très-savant,
Cherchait dans un coin noir de sa bibliothèque
Son vieux savoir latin et sa science grecque,
Et rouvrait ses bouquins de poussière chargés,
Se reprochant de les avoir tant négligés
Et critiquant tout bas la Messe et l'Evangile,
Qui le brouillaient avec la langue de Virgile.
Pourtant, sans honte, ainsi qu'un tout jeune garçon,
Il se remit à l'œuvre, apprenant sa leçon
Tous les jours et vivant sur son dictionnaire
Comme lorsqu'il était au petit séminaire.
Pour mieux se souvenir, souvent il récitait
Du latin à voix haute, et, quand il s'arrêtait,
Cherchant le mot perdu dans son livre d'étude,
Le vétéran disait : *Amen,* par habitude.

Ils étaient donc heureux tout à fait ; et, le soir,
Près du berceau chéri tous deux venaient s'asseoir
Et, le cœur attendri, silencieux, timides,
Ils contemplaient l'enfant avec des yeux humides.

IV

Or le printemps avait sept fois fleuri; l'été,
Dardant sur les blés mûrs son or diamanté,
Avait sept fois donné sa moisson, et l'automne
Sa vendange, et l'hiver sa neige monotone.
Auprès des deux vieillards l'enfant avait grandi,
Mais sans prendre cet air libre, vif, étourdi,
Ce goût des jeux brillants et ce doux caquetage
Qu'on trouve d'ordinaire aux garçons de cet âge.
Sa grâce — les enfants sont toujours gracieux —
Était comme voilée et craintive; ses yeux
Cachaient une douleur dans leur azur sincère.
Il était pâle et doux comme un fleur de serre,

Son sourire était rare et contraint. Souffrait-il ?
Peut-être ; mais d'un mal bien lent et bien subtil,
Et qui, ne s'exprimant jamais par une plainte,
Ne pouvait éveiller l'affectueuse crainte
Des deux vieillards naïfs, qui trouvaient justement
L'enfant dans sa douceur malade, plus charmant.

Pourtant, s'il suffisait, pour que la fleur qui pousse
Embaumât le jardin d'une haleine plus douce
Et pour que l'enfant prît des forces chaque jour,
D'un rayon généreux de soleil ou d'amour,
Angelus, qu'entourait deux fois l'amour d'un père,
Aurait dû, tout pareil à la fleur qui prospère,
S'épanouir en fraîche et robuste santé.
Si le baiser longtemps et souvent répété
Faisait éclore seul les roses sur la joue,
Si la bonté d'un cœur d'aïeul qui se dévoue,
La tendresse tremblante et toujours en éveil,
Le front à cheveux blancs penché sur le sommeil,
Suffisaient pour servir de garde et de défense
A ce fragile espoir qu'on appelle l'enfance,

Angelus, délivré des langes du berceau,
Aurait dû s'élancer, léger comme un oiseau,
Par la nature et faire en courant bien des lieues,
Fou des insectes d'or et des fleurettes bleues,
Heureux, libre, voulant tout sentir, tout saisir,
Tout connaître, cédant à l'avide désir,
Tapageur, les cheveux emmêlés par les branches,
Mordant les fruits trop verts de toutes ses dents blanches,
Faisant rire avec lui les échos du chemin
Et prenant sans effroi des bêtes dans sa main !

Mais non, le jeune fils des deux vieux au contraire,
Par aucun jeu d'enfant ne se laissait distraire.
Souvent, ouvrant ses yeux étonnés et chercheurs,
Il regardait passer les enfants des pêcheurs,
Qui, lorsque revenait la saison douce et belle,
Allaient au bois voisin, en longue ribambelle,
Cueillir des mûres ou chasser les papillons.
Il regardait passer ces gaietés en haillons
Qui couraient, les pieds nus et d'aurore coiffées,
Et ces blouses, et ces culottes étoffées

De grands pères, et ces cheveux blonds sans bonnet,
Leur faisait un sourire et puis s'en revenait,
Marchant à petits pas, rêveur et solitaire,
Tout seul dans le jardin calme du presbytère.
Quand il voyait l'enfant revenir et s'asseoir,
Son père, le soldat, qui tenait l'arrosoir
Ou passait le râteau sur quelque plate-bande,
En écoutant au loin chanter la folle bande,
Grommelait de son air affable et belliqueux :
« Voyons donc, fainéant, va jouer avec eux. »
Mais l'enfant, sans prêter l'oreille aux cris de fête,
Soupirait, secouait négligemment la tête
Et s'approchait du vieux pour lui dire : « Pourquoi?
Je m'amuse bien mieux quand je suis avec toi. »

Puis Angelus passait bien des heures à lire,
Et le savoir n'est pas le père du sourire.
Il lisait trop. D'abord ce désir curieux
Avait rendu le bon curé tout glorieux :
Tel le semeur qui voit prospérer ses semailles.
Ce jeune esprit déjà plein d'heureuses trouvailles,

Ces prompts étonnements, ces vives questions
Au vieux prêtre, inspiraient quelques ambitions,
Car Angelus avait toujours aimé le livre.
A peine avait-il eu jadis besoin de suivre
Le doigt ridé qui montre en tremblant l'alphabet.
Le piége était tentant; le bonhomme y tombait,
Et parfois sa science était tout étonnée
Quand l'enfant, sachant plus que la leçon donnée,
Avec son éternel : « Pourquoi? » l'embarrassait.
Il ne comprenait pas le danger; il laissait
Angelus absorbé dans ses livres d'estampes,
Et n'apercevait pas palpiter à ses tempes
Les rêves trop pesants pour ce jeune cerveau
Avide avant le temps d'étrange et de nouveau.
Et chaque jour, malgré le calme de l'asile
Où sa vie aurait dû couler, pure et facile,
Dans les fleurs en été, près de l'âtre en hiver,
Malgré le souffle sain et puissant de la mer
Qui caressait son front sans y mettre le hâle,
Angelus devenait plus souffrant et plus pâle ;
Et de ce mal visible à peine, mais profond,

Les vieux ne savaient rien, presque contents au fond,
— Car chez les plus aimants l'égoïsme sommeille —
Que cette enfance fût moins fraîche et moins vermeille,
Mais plus tendre et toujours présente à leur foyer.
Tous deux s'étaient hâtés bien vite d'oublier
Leurs doutes de jadis. On leur eût fait offense
De leur dire à présent ce qu'il faut à l'enfance.
Ils croyaient seulement que leur fils n'était pas
Un être comme un autre, et se disaient tout bas
Que leur affection avait fait ce prodige.
Ils étaient étonnés de leur œuvre et, que dis-je ?
De cette ardeur précoce où déjà s'épuisait
Angelus, leur orgueil paternel s'amusait.
Hélas ! leur ignorance était seule coupable,
Non pas leur cœur ; et tout ce dont était capable
De soins, de dévouement et d'amour, en effet,
Leur vieillesse naïve et bonne, ils l'avaient fait.
Mais, malgré tout, malgré leur charité divine,
Ils n'avaient pas appris ce qu'il faut qu'on devine ;
Et leurs cerveaux, trop froids, ne pouvaient plus avoir
L'instinct, bien plus puissant encor que le savoir.

Car la grande Nature est jalouse; elle exige
Qu'on ne s'écarte pas des règles qu'elle inflige,
Et ne fait si chétif l'enfant qui naît au jour
Que pour qu'il soit aimé d'un plus prudent amour
A cause des soucis et des craintes qu'il donne.
Elle veut que cet œil flottant et qui s'étonne
Ne puisse supporter l'immense éclat des cieux
Sans l'avoir vu d'abord reflété par les yeux
De la mère qui veille à côté de la couche;
Elle veut que, cruelle et rude, cette bouche
Pour y boire le lait morde à même le sein;
Elle ordonne, dans son immuable dessein,
Un travail réciproque à tous ceux qu'elle affame,
Aux mères pour l'Enfant, aux époux pour la Femme.
Elle ne peut avoir pitié des célibats.
Ni les autels sacrés, ni les nobles combats
Ne sauraient un instant plier sa règle austère,
Et toujours elle dit : « Malheur au solitaire ! »

Oui, ces deux justes, oui, ces excellents vieillards,
Dont tous les battements de cœur, tous les regards

Étaient pour cet enfant adorablement triste,
Ne voyaient pas, dans leur amour presque égoïste,
Que pour cet être, espoir de leur humble maison,
Leur étreinte était une étouffante prison ;
Que sur ce faible front leur sénile tendresse
Appuyait trop longtemps la trop lente caresse ;
Qu'Angelus en souffrait, et que chaque baiser
Venait encore plus l'abattre et l'épuiser ;
Qu'à son sourire, fleur exquise de sa lèvre,
Volaient les papillons obsédants de la fièvre,
Et qu'enfant pressentant déjà le séraphin,
Sans regret et sans plainte il se mourait enfin.
Car Angelus, nature affectueuse et douce,
Ignorait tout à fait le geste qui repousse :
A ces baisers mortels dont il était brisé
Toujours il présentait son sourire lassé
Et se jetait au cou du soldat et du prêtre.
On meurt d'être aimé trop comme de ne pas l'être,
Et c'est un mal divin dont nul ne se défend.
Une mère aurait lu dans les yeux de l'enfant
La fatale langueur de ce mal qui s'ignore.

4

Elle eût dit : « C'est assez ! » Les vieux disaient : « Encore ! »
Et par leur faute, et dans leurs bras, et sous leurs yeux,
Angelus se mourait, martyr délicieux !

O Nature ! c'était pourtant bien peu de chose :
Laisser vivre un enfant, laisser croître une rose,
Épargner ce dernier supplice à ces deux saints,
Cela n'importait pas beaucoup à tes desseins.
Ne se peut-il donc pas, ô Mère, que tu veuilles
Qu'en un an l'arbrisseau pousse deux fois ses feuilles ?
Et si, sous le soleil d'automne et trop hâtifs,
Ses rameaux ont donné quelques bourgeons chétifs,
Faut-il toujours, faut-il, hélas ! que tu l'accables
Sous ton hiver et sous tes neiges implacables ?
Pourtant c'était l'espoir de l'antique forêt.
Ces chênes, dont le cercle auguste l'entourait
Et peut-être au printemps jetait sur lui trop d'ombre,
Ne pourront-ils, alors que revient le temps sombre,
Étendre jusqu'à lui leurs grands bras paternels ?
Non, tu ne changes rien aux ordres éternels !
Non, Avril renaîtra sans que l'arbre renaisse,

Et, retrouvant encore un effort de jeunesse,

Les vieux troncs tout pourris sous le lierre verront

Le feuillage épuisé reverdir à leur front ;

Et ces aïeux dont l'âme altière et résignée

Ne craignait même plus les coups de la cognée,

En voyant ce trépas qui précède le leur,

Les vieux chênes des bois gémiront de douleur !

V

Ce soir-là, — c'était vers le milieu de septembre, —
Les vieillards et l'enfant avaient gardé la chambre,
Angelus se sentant plus malade et plus las.
Le prêtre et le soldat, les deux pères, hélas !
Ne pouvaient se douter que la fin fût si proche.
Ils étaient sans effroi, se sentant sans reproche.
« Ce sera, pensaient-ils, un malaise d'un jour. »
Et leur bonheur n'était pas troublé, leur amour
Les trompant, et l'enfant donnant à sa caresse
Toujours plus de fiévreuse et de mièvre tendresse.
Auprès de la fenêtre, où fraîchissait le soir,
Dans son large fauteuil le curé fit asseoir

Angelus; et tous trois, devant le clair de lune,
Écoutèrent mourir les lames sur la dune.
Abandonné, fermant ses beaux yeux à demi,
L'enfant, qui se mourait, paraissait endormi.
La sueur sur son front collait ses cheveux d'ange,
Et d'un geste navrant, mais plein d'un charme étrange,
Il cherchait vaguement, comme on cherche un appui,
Les mains des deux vieillards assis auprès de lui.
Mais ceux-ci ne pouvaient deviner sa souffrance;
Leurs cœurs simples étaient toujours pleins d'espérance;
Et, pensant qu'Angelus ne les entendait pas,
Avec un bon sourire, ils échangeaient tout bas
Ces décevants projets et ces douces chimères,
Comme auprès des berceaux en évoquent les mères.

« .Puisque voilà l'enfant près de nous endormi,
Disait le prêtre, il faut songer, mon bon ami,
Que, pour qu'il soit heureux plus tard, notre prière
Ne suffit pas. Voyons à choisir sa carrière.
Notre Angelus devient grand garçon et déjà
Sa jeune âme, que Dieu jusqu'ici protégea,

4

Blanc calice, s'entr'ouvre et cherche la lumière.
Nous avons bien guidé son enfance première.
Il ne sait rien encor de mauvais ni d'amer ;
Il n'a vu jusqu'ici que le ciel et la mer ;
Par la chanson du flux son âme fut bercée,
Et l'azur est moins pur que sa fraîche pensée
Et que ses sens nouveaux encore appesantis :
Car la grande Nature est bonne aux tout petits.
Mais il faut profiter de l'heureuse minute.
Nous sommes vieux. Demain, seul il faudra qu'il lutte,
Et, comme le devoir paternel le prescrit,
Nous devons lui donner les armes de l'esprit.
— Je ne désire pas, moi, qu'il se fasse prêtre.
Oh ! qu'il soit bon chrétien, que la foi le pénètre,
Qu'il aime et qu'il espère enfin, et qu'il soit tel
Qu'un lis pur qui fleurit à l'ombre de l'autel.
Mais, si j'en puis juger par sa petite enfance,
J'aimerais mieux — que Dieu pardonne mon offense —
Que la vocation de grâce lui manquât :
Car pour le sacerdoce il est trop délicat.
C'est en souffrant qu'il faut que le pasteur travaille

Pour ses brebis. Il faut qu'il se lève et qu'il aille
Par la nuit, bien avant le petit point du jour,
Sous la bise, à travers les terres de labour,
Emportant dans un coin du manteau le ciboire
Et cherchant, tout au fond de la campagne noire,
A découvrir enfin au douteux horizon
La lueur qui trahit la funèbre maison
Où quelque agonisant, quand il arrive à l'heure,
Lui montre en blasphémant sa famille qui pleure,
Son foyer sans fagot et sa huche sans pain.
Puis, avec l'eau bénite et la bière en sapin,
Il faut le lendemain qu'il revienne et qu'il donne
Au mort une prière, aux vivants son aumône,
Et, s'il n'a pas d'argent, qu'il en trouve, et qu'il ait
Pour ses pauvres toujours du pain bis et du lait;
Et s'il chemine un jour, heureux, lisant son livre,
Respirant les sentiers en fleurs, et qu'un homme ivre
Qui sort du cabaret et qu'il ne connaît point
L'appelle fainéant en lui montrant le poing,
Il faut que, sans pâlir, il subisse l'insulte.
Et puis, ce n'est pas tout. Le serviteur du culte

A bien d'autres soucis, et l'on ne peut savoir
Combien grave et combien austère est son devoir.
Car la tentation est bien près de la faute.
— Pourquoi, près de la chaire où l'on parle à voix haute,
Ce confessionnal où l'on parle tout bas? —
Il faut l'aide de Dieu pour n'y succomber pas.
— Ne nous le prends donc point, Seigneur, pour ton service
Et permets qu'à tel point il ignore le vice
Que, même pour l'abattre, il y soit étranger;
Car, tu le sais, l'agneau ne peut être berger. »

« Et maintenant, monsieur le curé, reprit l'autre,
A mon tour, n'est-ce pas? car cet enfant est nôtre,
Et je suis comme vous le père d'Angelus.
Pas de soutane, soit; pas de sabre non plus.
Très-souvent le plumet tricolore dérange
Les projets. Ces gamins ont un goût fort étrange
Pour les habits dorés tout partout sur le corps
Comme ceux des housards et des tambours-majors.
Sachant qu'ils n'aiment pas beaucoup qu'on les chicane,
On les laisse d'abord chevaucher sur sa canne

Et grimper aux genoux comme on grimpe aux remparts.

C'est gentil. Puis, un jour, ils vous disent : « Je pars. »

Et ce jour-là ce sont des hommes pour la tête.

Et l'on reste à pleurer tout seul, comme une bête.

Et voilà qu'ils s'en vont à la guerre, là-bas,

Dans des pays affreux d'où l'on ne revient pas.

Ils meurent, et les vieux les suivent. C'est stupide !

Veillons-y. Le petit m'a l'air d'un intrépide.

Quand il se portait mieux, il grimpait aux pruniers

Les plus hauts. Le dimanche, il va voir les douaniers,

A l'heure où le sergent fait faire la parade.

Morbleu ! qu'il n'aille pas, le petit camarade,

Vouloir être soldat, ou nous nous fâcherons. »

« Bien, bien, dit le curé, nous y réfléchirons.

Sans être cardinal ni maréchal de France,

Angelus peut encor passer notre espérance.

L'enfant a tant d'esprit qu'il m'étonne souvent :

Ce sera quelque artiste ou bien quelque savant,

Et, quoi qu'il soit d'ailleurs, nous en ferons un juste.

Mais, avant tout, il faut qu'il devienne robuste,

Qu'il retrouve son rire et ses fraîches couleurs.
Mes livres sont mauvais; qu'il coure dans vos fleurs;
Une leçon vaut moins pour lui qu'une culbute
A cette heure. Ainsi donc, ajournons la dispute. »

Tous deux en étaient là de leurs propos joyeux,
Lorsque Angelus ouvrit tout doucement les yeux,
Et de cet air malin, si charmant dans l'enfance,
Il leur dit :

  « C'est fort bien. On arrange d'avance
Ce qu'on fera plus tard de son enfant gâté.
Mais je ne dormais pas et j'ai tout écouté.
Savez-vous que c'est mal de disposer des autres?
Pourtant n'ayez pas peur, car, sans gêner les vôtres,
Je puis vous confier maintenant mes projets.
Ils sont très-sérieux, vous verrez. Je songeais
Depuis assez longtemps, pères, à vous les dire.
Ces livres dans lesquels vous m'apprîtes à lire
Et ce vaste Océan qui berce mon sommeil

Me les ont inspirés et m'ont donné conseil.

— Je veux être marin sur la mer. — Ces volumes,

Que j'épelais jadis si mal, puis que nous lûmes

Ensemble et qu'aujourd'hui je relis couramment,

M'ont parlé de pays au ciel toujours clément,

Aux arbres toujours verts, pleins d'oiseaux magnifiques,

Où l'on allait, porté par les flots pacifiques.

Je veux partir pour ces pays délicieux.

Ce ciel gris m'est fatal. Quand je ferme les yeux

Tout prend la couleur d'or du soleil dans mes rêves;

Et les vagues au loin murmurant sur les grèves

Me disent, — car j'entends des mots dans leurs rumeurs : —

« Viens avec nous et fuis ces climats où tu meurs! »

Pères, ne tentez pas d'arrêter mon courage

Et ne me parlez pas d'écueils ni de naufrage ;

Car j'ai lu quelque part, et c'était arrivé,

Que toujours un marin, un seul, s'était sauvé

A la nage, à cheval sur une vieille planche,

Et qu'il voyait bientôt poindre la voile blanche

D'un navire passant pour lui porter secours.

Moi, je serai celui qui se sauve toujours.

Si je tarde longtemps, il est bien inutile
D'avoir peur. Non. C'est que je serai dans une île
Où je m'établirai, comme a fait Robinson,
En attendant qu'il passe un brick à l'horizon.
Il arrive toujours, le moment qu'on espère.
Alors je reviendrai. Ce n'est pas vrai, ce père
Qui pleure et devient vieux, et dit : « Pauvre petit! »
De son fils, grand garçon déjà quand il partit.
Les contes n'ont jamais une fin si fatale.
L'enfant revient toujours à la maison natale,
Près des vieux. On s'assied en cercle autour du feu,
Et, pour les effrayer beaucoup, il ment un peu.
Comme les voyageurs de mes belles lectures,
Je vous raconterai toutes mes aventures.
Vous verrez, en ouvrant de grands yeux ébahis,
Toutes les mers, tous les peuples, tous les pays
Où m'auront promené la voile et la machine.
Je vous rapporterai des choses de la Chine.
Vous verrez le trois-mâts glissant près des îlots
Avec son pavillon qui traîne sur les flots,
Et le peuple tout nu, très-noir et très-sauvage,

Qui nous suit en tirant des flèches du rivage.
Et ce sera charmant, et vous m'embrasserez
Au beau milieu de mon récit, et vous serez
Tout surpris de ma barbe et de mon air si grave.
Aux beaux endroits, tout bas, vous direz: « Qu'il est brave ! »
Vous sourirez, et vous m'embrasserez encor,
Et vous jouerez avec mes aiguillettes d'or.
Mais, je le sais, il faut un long apprentissage,
Et, dès demain, je vais bien apprendre, être sage,
Lire beaucoup, veiller sous ma lampe l'hiver.
Et puis je m'en irai pour longtemps sur la mer! »

Il se tut, souriant à quelque intime joie.
Et, comme un affamé qui réclame une proie,
L'Océan qui montait gronda dans les rochers.
Les astres de la nuit furent soudain cachés.
L'enfant agonisait ; mais la voix sépulcrale
De la lame étouffait le bruit sourd de son râle.

Alors, comme brisé par ce qu'il avait dit,

5

Angelus referma ses beaux yeux et tendit
Aux deux amis ses mains plus froides et plus molles.
Mais sur ceux-ci déjà les bizarres paroles
De l'enfant moribond exerçaient leur pouvoir.
Sombres, ils regardaient ce ciel devenu noir ;
Ils écoutaient le bruit plus sinistre des vagues
Et se sentaient venir au cœur ces craintes vagues
Qu'on repousse, mais dont l'âme en vain se défend.
Sans doute ce n'étaient que des rêves d'enfant,
Inspirés par un livre ou bien par quelque image,
Qu'ils laissent aussitôt sans dire : « C'est dommage »
Et qui durent un jour ou deux pour la plupart.
Mais tout cela parlait d'absence, de départ,
Avec une éloquence étrange et captivante ;
— Et l'âme des vieillards était dans l'épouvante.

Les yeux toujours fermés, le petit Angelus
Reprit tout bas :

        «Venez plus près, je n'y vois plus.

Le ciel et l'océan sont noirs comme l'ébène.

Ce que je vous ai dit vous a fait de la peine

Tout à l'heure. Il faudra tâcher de l'oublier.

Pères, j'ai maintenant un rêve singulier.

Est-ce un rêve ? Prenez mes deux mains dans les vôtres.

Les astres dans la mer, les uns après les autres,

Sont tous tombés, tombés ! Et dans le ciel en deuil,

Ainsi qu'un christ d'argent sur le drap d'un cercueil,

Il n'en reste plus qu'un. Vous devez le connaître

Celui-là ; car il brille en haut de ma fenêtre

Le soir, et je le vois de mon cher petit lit.

Et c'est le seul qui reste au ciel. Mais il pâlit!

Il a l'air aussi d'être attiré par le gouffre.

On dirait qu'il s'éteint et l'on dirait qu'il souffre.

Regardez : le voilà qui file, qui s'enfuit...

Il est tombé !... J'ai froid, j'ai peur !... Et c'est la nuit! »

En prononçant ce mot, — c'était le mot suprême ! —

Le petit Angelus s'affaissa sur lui-même.

Sa bouche ouverte et l'orbe éteint de ses grands yeux

S'emplirent d'un effroi vague et mystérieux.

Les vieillards, égarés et crispant la narine,
Virent son front trop lourd tomber sur sa poitrine,
Et ses petites mains, qu'ils lâchèrent alors,
Pesamment et d'un coup glisser contre son corps.
Pure, à travers la nuit profonde et solennelle,
L'âme de l'enfant mort venait d'ouvrir son aile,
Ainsi que d'une salle ouverte à l'air du soir,
S'envole un papillon silencieux et noir.

Après un long regard échangé sans rien dire,
Un long regard chargé d'horreur et de délire,
Les vieillards, abattus par un terrible effort,
Tombèrent à genoux devant Angelus mort.
Ils restèrent ainsi, toute la nuit, farouches,
Collant les froides mains du cadavre à leurs bouches,
Atterrés, leurs sanglots muets les étouffant,
N'osant lever les yeux sur le front de l'enfant
Qui prenait la blancheur dure et froide des pierres.
Mais, comme s'il était gravé sous leurs paupières,
Ce visage chéri qu'ils ne voulaient plus voir,
Leurs yeux, leurs yeux fermés, toujours, sur un fond noir,

Distinguaient Angelus penché d'un air débile,
Pâle et leur souriant d'un sourire immobile.

Ah ! cette nuit, tandis qu'ils se désespéraient,
Était-ce seulement leur enfant qu'ils pleuraient ?
Ne s'accusaient-ils pas, ces deux hommes candides ?
Ne maudissaient-ils pas leurs cheveux blancs stupides ?
Ne comprenaient-ils pas enfin, les malheureux,
Que cet être adorable était tué par eux ?
Que l'absurde consigne et la vaine prière
Auxquelles ils avaient donné leur vie entière,
Avaient fait leur malheur et leur aveuglement ?
Que prier seulement, combattre seulement,
Cela n'est pas assez pour l'homme, et qu'il est lâche
Et mauvais de n'avoir ici-bas qu'une tâche ?
Qu'il faut que chacun soit amant et père un jour ;
Que la loi de devoir est une loi d'amour ;
Qu'être seul, cela tue et cela paralyse ;
Que la famille, c'est la patrie et l'église ;
Que l'épée au fourreau doit orner le foyer ;
Que les yeux de l'enfant font croire et font prier ;

5.

Que si tous deux, le vieux soldat et le vieux prêtre,
Ils n'avaient pu sauver ce pauvre petit être
A qui pourtant leur cœur entier se dévouait,
C'est qu'ils l'avaient aimé comme on aime un jouet,
Que leur expérience était une chimère,
Qu'ils n'étaient que de vieux enfants, et qu'une mère
Qui, dans l'humble maison d'un pauvre matelot,
Balaye et lave, et met les légumes au pot,
Et ravaude son linge, et file sa quenouille,
Et tout à la fois baise, allaite et débarbouille
Six marmots qu'elle voit autour d'elle courir,
Eût fait vivre l'enfant qu'ils avaient fait mourir !

Le matin les surprit aux genoux du cadavre.

Et puis ce fut l'histoire ordinaire et qui navre :
Dernier regard qu'on jette au cher enseveli,
Dernier baiser qu'on pose au front déjà pâli,
Et plus rien ! — Mais pour ces vieillards le sort complice
Rendit plus douloureux et plus long le supplice.

Le prêtre, — il était prêtre, hélas ! — dut sur le corps
De son enfant chanter les prières des morts,
Lui jeter l'eau bénite en sanglotant, et boire
Ses pleurs qui se mêlaient au vin dans le ciboire.
Il dut l'accompagner jusqu'au dernier logis,
Où le soldat, les yeux par les larmes rougis,
Dut sous son vieux sabot pousser la lourde bêche
Et couvrir le cercueil de terre toute fraîche.

Maintenant ils sont seuls. Tout est déjà rentré
Dans l'ordre d'autrefois chez le pauvre curé.
Assis au feu, chauffant leurs vieilles mains tremblantes,
Ils laissent, sans parler, s'enfuir les heures lentes,
Ne sachant rien, sinon que leur enfant est mort.
Mornes, sans l'accepter, ils subissent le sort.
Le soldat fait ses trous, le prêtre dit sa messe.
Ils vivront peu ; mais dans la suprême promesse
C'est à peine s'ils ont encor gardé la foi.
On lit dans leurs regards je ne sais quel effroi,
Quand ils sortent, tous deux en grand deuil, de l'église,
Au moment où le soir répand son ombre grise :
Et le pêcheur, qui passe et qui les reconnaît,

Regarde, tout timide, en ôtant son bonnet,
Descendre du parvis les deux vieillards funèbres,
Tandis que vibre encore au loin dans les ténèbres,
Long, triste et solennel comme leur désespoir,
Le dernier tintement de l'*Angelus* du soir.

LE BANC

IDYLLE PARISIENNE

LE BANC

Non loin du piédestal où j'étais accoudé
A l'ombre d'un Sylvain de marbre démodé,
Et sur un banc perdu du jardin solitaire,
Je vis une servante auprès d'un militaire.
Ils se tenaient tous deux assis à chaque coin
Du banc et se parlaient doucement, mais de loin,
— Attitude où l'amour jeune est reconnaissable. —
A leurs pieds un enfant jouait avec le sable.
C'était le soir; c'était l'heure où les amoureux,
Moins timides, tout bas, osent se faire entre eux

Les tendres questions et les douces réponses.
Le couchant empourprait le fond noir des quinconces;
Lentement descendait l'ombre, comme à dessein;
Le vent, déjà plus frais, ridait l'eau du bassin
Où tremblait un beau ciel vert et moiré de rose :
Tout s'apaisait. C'était cette adorable chose :
Une fin de beau jour à la fin de l'été.

Et, n'ayant rien de mieux à faire, j'écoutai.

Tous deux dirent d'abord le plaisir qu'on éprouve
A parler du passé, comment on se retrouve
Si loin, bien qu'étant nés dans un petit pays ;
Leur enfance commune et les parents vieillis
Dont on est inquiet, sans trop oser le dire
Dans ses lettres, les vieux ne sachant pas écrire
Et ne pouvant payer la plume du bedeau.
Ils dirent la rivière ombreuse, le rideau
De peupliers, l'endroit pour pêcher à la ligne
Caché sous le houblon et sous la folle vigne ;
Le cerisier qu'ensemble ils avaient dépouillé;

Le vieux bateau, rempli de feuillage mouillé,
Qu'on prenait pour aller jouer dans le coin d'île ;
Les moulins, les sentiers sous bois, toute l'idylle.
Mais l'enfance du pauvre est très-courte, et depuis
N'avaient-ils pas tous deux souffert bien des ennuis ?
— Et naïve, ignorant encore la prudence,
La simple enfant livra toute sa confidence
La première.

Elle dit, en termes très-touchants,
Que, ne supportant pas les durs travaux des champs
Et ne voulant pas être à charge à sa famille,
Elle avait bien prévu qu'elle resterait fille,
Ses père et mère étant de pauvres villageois,
Et qu'elle était entrée alors chez des bourgeois.
Or cette vie était pour elle bien amère,
A son âge, d'avoir tous les soins d'une mère
Pour des enfants ingrats et qui ne l'aimaient pas.
Elle pleurait souvent, à l'heure des repas,
Dans sa froide cuisine, auprès d'une chandelle,
Toute seule. Elle était courageuse et fidèle,

6

Mais ses maîtres, gardant toujours leur air grognon,
Ne semblaient même pas la connaître de nom
Et lui donnaient celui de leur servante ancienne.
Enfin la vie était dure à tous, et la sienne
Lui compterait sans doute un jour pour ses péchés.

Les deux enfants s'étaient doucement rapprochés.
Mais, sans pouvoir trouver un bon mot qui console,
Le militaire prit à son tour la parole :
Il parla le front bas et les yeux assombris.

Lui, la conscription à vingt ans l'avait pris ;
Être soldat, cela se nomme encor *service*.
Il maudit ce métier qui lui donnait un vice.
De pauvre on l'avait fait devenir paresseux.
L'avenir ? il n'osait y croire, étant de ceux
Qu'on peut le lendemain envoyer à la guerre,
Un de ces hommes faits d'une argile vulgaire
Que, pour l'ambition du premier conquérant,
Dieu sans doute pétrit d'un pouce indifférent,
Chair à canon, chair à scalpel, matière infâme

Et que la statistique appelle seule une âme.
Il raconta ses jours sans fin de garnison,
Ses courses dans les champs, le soir, vers l'horizon,
Sans but, en écoutant si la retraite sonne.
Il était sans ami, sans pays, sans personne,
Sans rien. Il ne pouvait se faire à son état
Et parfois souhaitait que la guerre éclatât.

A ce mot prononcé simplement, la servante
Eut un petit frisson de soudaine épouvante,
Et, s'approchant, avec un bon geste de sœur :
« Ne parlez pas ainsi, » dit-elle avec douceur ;
Puis elle prit les mains du soldat sans rien dire,
Et tous deux, essayant un douloureux sourire,
Écoutèrent au loin mourir le chant des nids.
Alors, mystérieux témoin, je te bénis,
Amour, consolateur dernier des misérables !
Je vous bénis, ô nuit ! ô rameaux vénérables
Qui les cachiez pendant qu'ils oubliaient un peu !
En silence, les mains froides, la tête en feu,
Ils virent dans l'azur les étoiles éclore,

Puis longtemps et tout bas échangèrent encore,
Heureux et confiants, l'un près de l'autre assis,
Leurs modestes espoirs et leurs humbles soucis.
Le murmure des voix, plus craintif et plus tendre,
S'affaiblit, et, bientôt après, je pus entendre,
— Car l'ombre m'empêchait de voir les deux amis —
Un baiser, qu'un soupir d'abord avait promis,
Vibrer, pareil au bruit d'un oiseau qui s'effare.

Tout à coup, une claire et brutale fanfare
Éclata dans la nuit profonde du jardin.
Le soldat inquiet se releva soudain;
Il fallait se quitter, car c'était la retraite.
Oh ! le triste moment d'un départ qui s'apprête !
Vingt fois on se redit qu'on se reverrait là,
Et le pauvre amoureux en hâte s'en alla,
Mais non sans regarder bien souvent en arrière.

Elle, les yeux baissés comme pour la prière,
Triste, joignant les mains sur son tablier blanc,
Resta longtemps rêveuse et seule sur le banc.

Lentement s'éloignait la fanfare importune ;
Et, lorsque dans le ciel monta le clair de lune,
Je la vis, pâle encor du baiser de l'amant
Et les larmes aux yeux, écouter vaguement
La retraite s'éteindre au fond du crépuscule.

Et je n'ai pas trouvé cela si ridicule.

ENFANTS TROUVÉES

ENFANTS TROUVÉES

I

Dans les promenades publiques,
Les beaux dimanches, on peut voir
Passer, troupes mélancoliques,
Des petites filles en noir.

De loin, on croit des hirondelles :
Robes sombres et grands cols blancs ;
Et le vent met des frissons d'ailes
Dans les légers camails tremblants.

Mais quand, plus près des écolières,
On les voit se parler tout bas,
On songe aux étroites volières
Où les oiseaux ne chantent pas.

Près d'une sœur qui les surveille
En dépêchant son chapelet,
Deux par deux, en bonnet de vieille
Et les mains sous le mantelet,

Les cils baissés, tristes et laides,
Le front ignorant du baiser,
Elles vont voir, pauvres cœurs tièdes,
Les autres enfants s'amuser.

Les petites vont les premières ;
Mais leur regard discipliné
A perdu ses vives lumières
Et son bel azur étonné.

Les pieuses et les savantes
Ont un maintien plus glacial ;
Toutes ont des mains de servantes,
L'œil sournois et l'air trivial.

Car ces êtres sont de la race
Du Vice et de la Pauvreté
Qui font les enfances sans grâce
Et les tristesses sans beauté.

II

Les berceaux ont leurs destinées,
Et vous ne les avez pas eus,
Les fronts de mères inclinées
Comme la Vierge sur Jésus.

Vos sombres âmes stupéfaites,
Enfants, ne se rappellent pas
La chambre joyeuse, les fêtes
Du premier cri, du premier pas,

La gambade faite en chemise
Sur le tapis, devant le feu,
La gaîté bruyante et permise,
Et l'aïeule qui gronde un peu.

— Pourtant ce qui vous fait, si jeunes,
Pareilles aux fleurs des prisons,
Ce ne sont ni les rudes jeûnes,
Ni les pénibles oraisons.

Ces graves filles, vos maîtresses,
Vous pouvez leur dire : « Ma sœur. »
Sans amour tendre ni caresse,
Elles ont du moins la douceur.

Une de ces vierges chrétiennes
Joint tous les jours, souvenez-vous,
Vos petites mains sous les siennes
En vous tenant sur ses genoux.

Et sa voix bonne, et familière,
Vous fait répéter chaque soir
Une belle et longue prière
Qui parle d'amour et d'espoir.

III

Sombres enfants qui, sur ma route,
Allez, le front lourd et baissé,
Je crains que vous n'ayez le doute
Effrayant de votre passé ;

Que dans votre âme obscure, où monte
Le flot des vagues questions,
Vous ne sentiez frémir la honte,
Source des malédictions ;

Et que, par lueurs éphémères,
Votre esprit ne cherche à savoir
Si vraiment sont mortes vos mères,
Pour qu'on vous habille de noir !

— Si ce doute est votre souffrance,
Ah ! que pour toujours le couvent
Dans la plus étroite ignorance
Mure votre cœur tout vivant ;

Que par les niaises pratiques
Et les dévotions d'autel,
Par le chant des fades cantiques
Et la lecture du missel,

Par la fatigue du cilice,
Par le chapelet récité,
A ce point votre âme s'emplisse
D'enfantine crédulité

Que, ployant sous les disciplines
Et mortes avant le cercueil,
Vous vous sentiez bien orphelines
En voyant vos habits de deuil.

L'ATTENTE

A Auguste Vacquerie

L'ATTENTE

Au bout du vieux canal plein de mâts, juste en face
De l'Océan et dans la dernière maison,
Assise à sa fenêtre, et quelque temps qu'il fasse,
Elle se tient, les yeux fixés sur l'horizon.

Bien qu'elle ait la pâleur des éternels veuvages,
Sa robe est claire; et bien que les soucis pesants
Aient sur ses traits flétris exercé leurs ravages,
Ses vêtements sont ceux des filles de seize ans.

Car depuis bien des jours, patiente vigie,
Dès l'instant où la mer bleuit dans le matin
Jusqu'à ce qu'elle soit par le couchant rougie,
Elle est assise là, regardant au lointain.

Chaque aurore elle voit une tardive étoile
S'éteindre, et chaque soir le soleil s'enfoncer
A cette place où doit reparaître la voile
Qu'elle vit là, jadis, pâlir et s'effacer.

Son cœur de fiancée, immuable et fidèle,
Attend toujours, certain de l'espoir partagé,
Loyal ; et rien en elle, aussi bien qu'autour d'elle,
Depuis dix ans qu'il est parti, rien n'a changé.

Les quelques doux vieillards qui lui rendent visite,
En la voyant avec ses bandeaux réguliers,
Son ruban mince où pend sa médaille bénite,
Son corsage à la vierge et ses petits souliers,

La croiraient une enfant ingénue et qui boude,
Si parfois ses doigts purs, ivoirins et tremblants,
Alors que sur sa main fiévreuse elle s'accoude,
Ne livraient le secret des premiers cheveux blancs.

Partout le souvenir de l'absent se rencontre
En mille objets fanés et déjà presque anciens :
Cette lunette en cuivre est à lui, cette montre
Est la sienne, et ces vieux instruments sont les siens.

Il a laissé, de peur d'encombrer sa cabine,
Ces gros livres poudreux dans leur oubli profond,
Et c'est lui qui tua d'un coup de carabine
Le monstrueux lézard qui s'étale au plafond.

Ces mille riens, décor naïf de la muraille,
Naguère il les a tous apportés de très-loin.
Seule, comme un témoin inclément et qui raille,
Une carte navale est pendue en un coin ;

Sur le tableau jaunâtre, entre ses noires tringles,
Les vents et les courants se croisent à l'envi ;
Et la succession des petites épingles
N'a pas marqué longtemps le voyage suivi.

Elle conduit jusqu'à la ligne tropicale
Le navire vainqueur du flux et du reflux,
Puis cesse brusquement à la dernière escale,
Celle d'où le marin, hélas ! n'écrivit plus.

Et ce point justement où sa trace s'arrête
Est celui qu'un burin savant fit le plus noir ;
C'est l'obscur rendez-vous des flots, où la tempête
Creuse un inexorable et profond entonnoir.

Mais elle ne voit pas le tableau redoutable
Et feuillette, l'esprit ailleurs, du bout des doigts,
Les planches d'un herbier éparses sur la table,
Fleurs pâles qu'il cueillit aux Indes, autrefois.

Jusqu'au soir sa pensée extatique et sereine
Songe au chemin qu'il fait en mer pour revenir,
Ou parfois, évoquant des jours meilleurs, égrène
Le chapelet mystique et doux du souvenir ;

Et quand sur l'Océan la nuit met son mystère,
Calme et fermant les yeux, elle rêve du chant
Des matelots joyeux d'apercevoir la terre
Et d'un navire d'or dans le soleil couchant.

LE PÈRE

A Victor Azam

LE PÈRE

Il rentrait toujours ivre et battait sa maîtresse.
Deux sombres forgerons, le vice et la détresse,
Avaient rivé la chaîne à ces deux malheureux.
Cette femme était chez cet homme — c'est affreux ! —
Seulement par l'effroi de coucher dans la rue.
L'ivrogne la trouvait toujours aigre et bourrue
Le soir, et la frappait. Leurs cris et leurs jurons
Faisaient connaître l'heure aux gens des environs.

Puis c'était un silence effrayant dans leur chambre.

— Un jour que par l'horreur, par la faim, par décembre,

Ce couple épouvantable était plus assailli,

Il leur naquit un fils, berceau mal accueilli,

Humble front baptisé par un baiser morose,

Hélas ! et qui n'était ni moins pur ni moins rose.

L'homme revint encore ivre le lendemain ;

Mais, s'arrêtant au seuil, ne leva pas la main

Sur sa femme, depuis que c'était une mère.

Le regard noir de haine et la parole amère,

Celle-ci se tourna vers son horrible amant

Qui la voyait bercer son fils farouchement,

Et, raillant, lui cria :

              « Frappe donc. Qui t'arrête ?

Notre homme, j'attendais ton retour. Je suis prête.

L'hiver est-il moins dur ? le pain est-il moins cher ?

Dis. Et n'es-tu pas ivre aujourd'hui comme hier ? »

Mais le père, accablé, ne parut point l'entendre ;

Et, fixant sur son fils un œil stupide et tendre,
Craintif, ainsi qu'un homme accusé se défend,
Il murmura :

« J'ai peur de réveiller l'enfant. »

LE DÉFILÉ

A ma Sœur Annette Coppée

LE DÉFILÉ

Dans le faubourg planté d'arbustes rabougris,
Où le pâle chardon pousse au bas des murs gris,
Sur le trottoir pavé que limitent des bornes,
Lentement, en grand deuil tous deux, tristes et mornes,
Et vers le couchant d'or d'un juillet étouffant
Vont ensemble une mère et son petit enfant.
La mère est jeune encore; elle est pauvre, elle est veuve.
Résignée, et pourtant droite encor sous l'épreuve,
Elle songe sans doute au sombre lendemain;
Et le petit garçon qu'elle tient par la main

A déjà, dans ses yeux agrandis par les jeûnes,
L'air grave des enfants qui s'étonnent trop jeunes.

Ils marchent, regardant le coucher du soleil.

Mais voici que parmi le triomphe vermeil
Des nuages de pourpre aux franges d'écarlate,
Là-bas, soudaine et fière, une fanfare éclate ;
Et, poussant devant eux clairons et timbaliers,
Apparaissent au loin les premiers cavaliers
D'un pompeux régiment qui vient de la parade.
Des escadrons ? mais c'est comme une mascarade.
Les enfants et le peuple, hélas ! enfant aussi,
S'arrêtent en chemin pour les voir. Or ceux-ci
Sont très-beaux ; et le fils de la veuve regarde.
Lui qui vécut dans les murs froids d'une mansarde,
Il n'a jamais rien vu de tel. Il est hagard ;
Et sa mère lui dit, bénissant ce hasard
Et distraite, elle aussi, de ses rêves austères ·

« Restons là. Nous verrons passer les militaires. »

Ils s'arrêtent tous deux, et le beau régiment,
Sombre et pesant d'orgueil, défile fièrement;
Ce sont des cuirassiers; ils vont, musique en tête,
Répandant alentour comme un bruit de tempête.
Les casques sont polis ainsi que des miroirs;
Les sabres sont tirés. Tous les chevaux sont noirs;
Ils ont la flamme aux yeux et le sang aux narines.
— Les cuirasses d'acier qui bombent les poitrines
Jettent à chaque pas des éclairs aveuglants.
Et les lourds escadrons, impassibles et lents,
Se succèdent au pas, allant de gauche à droite,
Avec leurs officiers dans la distance étroite,
Si bien que le passant sur la route arrêté,
Cependant qu'il peut voir s'éloigner d'un côté
Des croupes de chevaux et des dos de cuirasses,
Voit de l'autre, marchant de tout près sur leurs traces,
S'avancer, alignés comme par deux niveaux,
Des casques de soldats et des fronts de chevaux;

Et ce spectacle est plus sublime et plus farouche
Dans la rouge splendeur du soleil qui se couche.

Mais, l'œil tout ébloui des ors et des aciers,
L'enfant cherche surtout à voir ces officiers
Qui brandissent, tournés à demi sur la selle,
Leur sabre dont la lame au soleil étincelle,
Et sont gantés de blanc ainsi que pour le bal,
Et commandent, tandis que leur fougueux cheval,
Se rappelant sans doute une ancienne victoire,
Secoue avec orgueil son mors dans sa mâchoire.
Et plus que tous ceux-là l'enfant admire encor
Le plus jeune, qui n'a qu'une aiguillette d'or
Et marche dans les rangs ainsi qu'une recrue,
Mais qui semble toujours à la foule accourue
Le plus heureux, le plus superbe et le plus beau,
Car il porte les plis somptueux du drapeau.

Le régiment défile et l'enfant s'extasie.
Craintif, et se tenant à la jupe saisie

De sa mère, il admire, avide et stupéfait,

Et tremble. Tout à coup celle-ci, qui rêvait,

Le regarde, et soudain elle devient peureuse.

La pauvre femme, qui naguère était heureuse

Que pour son fils ce beau régiment paradât,

Craint maintenant qu'il veuille un jour être soldat :

Et même bien avant que ce soupçon s'achève,

Son esprit a conçu l'épouvantable rêve

D'un noir champ de bataille où, dans les blés versés,

Sous la lune sinistre, on voit quelques blessés

Qui, mouillés par le sang et la rosée amère,

Se traînent sur leurs mains en appelant leur mère,

Puis qui s'accoudent, puis qui retombent enfin ;

Et, seuls debout alors, des chevaux ayant faim

Qui, baissant vers le sol leurs longs museaux avides,

Broutent le gazon noir entre les morts livides !

Elle entraîne son fils ; elle a le cœur glacé.

Et, bien que le brillant régiment soit passé

Et qu'au coin du faubourg tourne l'arrière-garde,

L'enfant se plaint tout bas, et résiste, et regarde

Son rêve qui s'enfuit, espérant voir encor
Là-bas, dans la poussière, une étincelle d'or,
Et détestant déjà les amis et les mères
Qui nous tirent loin des dangers et des chimères.

LA BÉNÉDICTION

LA BÉNÉDICTION

Or, en mil huit cent neuf, nous prîmes Saragosse.
J'étais sergent. Ce fut une journée atroce.
La ville prise, on fit le siége des maisons,
Qui, bien closes, avec des airs de trahisons,
Faisaient pleuvoir les coups de feu par leurs fenêtres.
On se disait tout bas : « C'est la faute des prêtres. »
Et, quand on en voyait s'enfuir dans le lointain,
Bien qu'on eût combattu dès le petit matin,
Avec les yeux brûlés de poussière et la bouche
Amère du baiser sombre de la cartouche,

On fusillait gaiement et soudain plus dispos
Tous ces longs manteaux noirs et tous ces grands chapeaux.
Mon bataillon suivait une ruelle étroite.
Je marchais, observant les toits, à gauche, à droite,
A mon rang de sergent, avec les voltigeurs ;
Et je voyais au ciel de subites rougeurs
Haletantes ainsi qu'une haleine de forge.
On entendait des cris de femmes qu'on égorge
Au loin, dans le funèbre et sourd bourdonnement.
Il fallait enjamber des morts à tout moment.
Nos hommes se baissaient pour entrer dans les bouges,
Puis en sortaient avec leurs baïonnettes rouges
Et du sang de leurs mains faisaient des croix au mur :
Car dans ces défilés il fallait être sûr
De ne pas oublier un ennemi derrière.
Nous allions sans tambour et sans marche guerrière.
Nos officiers étaient pensifs. Les vétérans,
Inquiets, se serraient des coudes dans les rangs
Et se sentaient le cœur faible d'une recrue.

Tout à coup, au détour d'une petite rue,

On nous crie en français : «A l'aide!» En quelques bonds
Nous joignons nos amis en danger et tombons
Au milieu d'une belle et brave compagnie
De grenadiers chassés avec ignominie
Du parvis d'un couvent seulement défendu
Par vingt moines, démons noirs au crâne tondu,
Qui sur la robe avaient la croix de laine blanche,
Et qui, pieds nus, le bras sanglant hors de la manche,
Les assommaient à coups d'énormes crucifix.
Ce fut tragique. Avec tous les autres je fis
Un feu de peloton qui balaya la place.
Froidement, méchamment, car la troupe était lasse,
Et tous nous nous sentions des âmes de bourreaux.
Nous tuâmes ce groupe horrible de héros.
Et cette action vile une fois consommée,
Lorsque se dissipa la compacte fumée,
Nous vîmes, de dessous les corps enchevêtrés
De longs ruisseaux de sang descendre les degrés.
— Et derrière s'ouvrait l'église, immense et sombre.

Les cierges étoilaient de points d'or toute l'ombre ;

L'encens y répandait son parfum de langueur ;
Et, tout au fond, tourné vers l'autel, dans le chœur,
Comme s'il n'avait pas entendu la bataille,
Un prêtre en cheveux blancs et de très-haute taille
Terminait son office avec tranquillité.

Ce mauvais souvenir si présent m'est resté
Qu'en vous le racontant je crois tout revoir presque :
Le vieux couvent avec sa façade moresque,
Les grands cadavres bruns des moines, le soleil
Faisant sur les pavés fumer le sang vermeil,
Et, dans l'encadrement noir de la porte basse,
Ce prêtre et cet autel brillant comme une châsse,
Et nous autres, cloués au sol, presque poltrons.

Certes, j'étais alors un vrai sac à jurons,
Un impie, et plus d'un encore se rappelle
Qu'on me vit une fois, au sac d'une chapelle,
Pour faire le gentil et le spirituel,
Allumer une pipe aux cierges de l'autel.
Déjà j'étais un vieux traîneur de sabretache ;

Et le pli que donnait ma lèvre à ma moustache
Annonçait un blasphème et n'était pas trompeur.
— Mais ce vieil homme était si blanc qu'il me fit peur.

« Feu ! » dit un officier.

                    Nul ne bougea. Le prêtre
Entendit à coup sûr, mais n'en fit rien paraître,
Et nous fit face avec son grand saint-sacrement;
Car sa messe en était arrivée au moment
Où le prêtre se tourne et bénit les fidèles.
Ses bras levés avaient une envergure d'ailes.
Et chacun recula, lorsqu'avec l'ostensoir
Il décrivit la croix dans l'air et qu'on put voir
Qu'il ne tremblait pas plus que devant les dévotes,
Et quand sa belle voix psalmodiant les notes,
Comme font les curés dans tous leurs *oremus*,
Dit :

    « *Benedicat vos, omnipotens Deus.* »

« Feu ! répéta la voix féroce, ou je me fâche. »

Alors un d'entre nous, un soldat, mais un lâche,
Abaissa son fusil et fit feu. Le vieillard
Devint très-pâle, mais, sans baisser son regard
Étincelant d'un sombre et farouche courage :

« *Pater et Filius*, » reprit-il.

                          Quelle rage
Ou quel voile de sang affolant un cerveau
Fit partir de nos rangs un coup de feu nouveau ?
Je ne sais ; mais pourtant cette action fut faite.

Le moine, d'une main s'appuyant sur le faîte
De l'autel, et tâchant de nous bénir encor
De l'autre, souleva le lourd ostensoir d'or.
Pour la troisième fois il traça dans l'espace
Le signe du pardon, et, d'une voix très-basse,
Mais qu'on entendit bien, car tous bruits s'étaient tus,

Il dit, les yeux fermés :

« *Et Spiritus sanctus.* »

Puis tomba mort, ayant achevé sa prière.

L'ostensoir rebondit par trois fois sur la pierre.
Et, comme nous restions, même les vieux troupiers,
Sombres, l'horreur vivante au cœur et l'arme aux pieds
Devant ce meurtre infâme et devant ce martyre :

« *Amen !* » dit un tambour en éclatant de rire.

TABLE

Achevé d'imprimer

LE 20 FÉVRIER M DCCC LXIX

PAR D. JOUAUST

POUR A. LEMERRE, LIBRAIRE

A PARIS

www.ingramcontent.com/pod-product-compliance
Lightning Source LLC
Chambersburg PA
CBHW060832250626
47162CB00005B/2039